DICIONÍRICO

prosa, poesia e riso

(de A a Z)

César Magalhães Borges

DICIONÍRICO

prosa, poesia e riso

(de A a Z)

Copyright © 2016 César Magalhães Borges
Dicionírico: prosa, poesia e riso (de A a Z) © Editora Pasavento

Editor
Marcelo Nocelli

Revisão
César Magalhães Borges e Simone Azevedo

Arte de capa
Sobre ilustração de Fausto Bergocce

Contracapa
Sobre foto de Marcio Alan Anjos, com assistência de Simone Azevedo

Ilustrações
Fausto Bergocce

Lettering (criação de capitulares)
Sérgio Bergocce

Direção de arte
César Magalhães Borges

Design e editoração eletrônica
Negrito Produção Editorial

Dados Internacionais de Catalogação na Publicação (CIP)
Bibliotecária Juliana Farias Motta (CRB 7-5880)

Borges, César Magalhães, 1964-
 Dicionírico: prosa, poesia e riso (de A a Z) / César Magalhães Borges. – São Paulo: Pasavento, 2016.
 200 p.; ilustrado; 14 x 21 cm.

 ISBN 978-85-68222-19-5

 1. Prosa brasileira. 2. Poesia brasileira. 3. Literatura brasileira – Miscelânia. I. Título. II. Título: prosa, poesia e riso (de A a Z)
 B732d   CDD B869.8

Índice para catálogo sistemático:
1. Prosa brasileira 2. Poesia brasileira 3. Literatura brasileira – Miscelânia

Todos os direitos reservados ao autor.
A reprodução total ou parcial deste livro só será possível com a autorização do mesmo.
Contato com o autor: cesarmborges@terra.com.br

EDITORA PASAVENTO
www.pasavento.com.br

(agradecimentos)

Sem família,
amigos,
convívio,
não há sorriso

meu muito obrigado, portanto, a
Simone Azevedo,
Fausto Bergocce, Wilton Carlos Rentero,
Marcio Alan Anjos, Sérgio Bergocce, Liliane Alves,
ao Espaço do Ator do SENAC Santana,
Marcelo Nocelli, Editora Pasavento,
Janice Azevedo, Ricardo Assis, Negrito Produção Editorial,
a todos que deitam mãos e olhos sobre estas páginas...

e aos Céus, é claro,
(por toda a graça)

Apresentação

Ipsis híbridos

abracadabra
abra
    a palavra

mexa
os sentidos

da sopa
das letras

nasceu
dicionírico

A arte das mãos

— A primeira vez, o mundo terminou em água. A segunda vez, porém, o mundo vai acabar em FOGO!

Tão logo terminou de pronunciar as palavras proféticas, o mágico cruzou as mãos, em movimentos rápidos, à frente do rosto, estendeu os braços e girou o corpo. Seus dedos faiscaram e bolas de fogo correram os corredores entre a plateia, que assistia a tudo estarrecida.

Diante dos olhos e daquele calor, algo parecia ter dado errado: a lona do circo foi tomada pelas chamas; uma cortina de fogo que negava qualquer caminho de fuga.

A multidão, fora de controle, correu em direção ao picadeiro em busca da única saída possível: os camarins. No

frenesi do pânico, o mágico foi pisoteado e, no chão, inconsciente, permaneceu, até que chegasse o socorro.

* * *

Abriu os olhos e, pouco a pouco, foi-se dando conta do local, das pessoas e da situação em que se encontrava. Um pronto-socorro, médicos e enfermeiros, uma perna, dois braços imobilizados e o tronco todo enfaixado.

— O senhor teve sorte de ir para a Ortopedia. Fosse outra ala do hospital, não haveria leito disponível e o senhor teria que ficar numa maca, no corredor.

— O que aconteceu comigo?

— Ossos e mais ossos quebrados, meu amigo. É caso de cirurgia.

Ainda atordoado, corpo todo atado, ele era levado de ala a ala, de elevador em elevador. Sem conseguir mexer cabeça ou pescoço, seus olhos se fixavam no teto; corre-corre que desfilava lâmpadas, luzes, vozerio, parava. Outro elevador e tudo novamente andava. Seus olhos fecharam.

Tentou acordar, ver-se diferente. Mas, não. Tudo estava, faixa a faixa, exatamente igual. Agora ele estava em um quarto. A cama levemente reclinada permitia observar o redor. Era noite. Havia um companheiro de quarto que já dormia. Ele, por sua vez, não sentia mais sono. Sentia-se desconfortável e aturdido com tudo. Esforçava-se, pouco a pouco, para organizar a memória, relembrar os fatos e a sua sequência. Um enfermeiro entrou no quarto, ajeitou-lhe o travesseiro e perguntou:

— Assim está bom?

— 'Tá, 'tá. 'Tá bom, sim.
— O senhor precisa de alguma coisa?
— 'Tô com um pouco de fome e sede.
— A essa hora não se serve mais nada. Vou ver se consigo um pouco de chá e bolacha para o senhor.

Espera, espera, um pouco mais de espera e o chá chegou. Sem poder dispor das mãos, perguntou ao enfermeiro:
— Você pode soltar os meus braços, por favor? Não tenho como comer.
— De jeito nenhum. Seus braços estão na tração. Ordens médicas. 'Tá aqui no prontuário; não posso mexer.
— Mas como...
— Pode deixar, eu sirvo o senhor.

Contrariado, comeu e bebeu. Tinha de instruir: pedaços, goles menores. Um pouco mais de tempo para a mastigação. Lembrou-se dos dentes... Como escová-los? Deixou p'ra lá. Dormiu.

No meio da madrugada, a enfermeira que fazia o plantão se aproximou com dois copos pequenos de plástico nas mãos.
— O senhor precisa tomar estes comprimidos.
— E o que são esses comprimidos? Analgésicos?
— Sim. E é p'ra dor também.
— Que bom! É analgésico e é para dor também?
— É!

A seriedade quase científica da confirmação o fez pensar: "preciso dar o fora daqui". Mas com o corpo todo dolorido, só pôde aceitar os comprimidos, a água e dormir.

Na manhã seguinte, o movimento começou logo cedo. Café da manhã, comadre, papagaio, banho no leito. Pela primeira vez viu o companheiro de quarto acordado. Parecia adaptado à rotina: café, comadre, papagaio, banho... E nada falava.

Uma equipe médica entrou em seguida. Com uma prancheta nas mãos, um dos médicos lhe dirigiu a palavra:

— Sr. Nereu Plutônio...

— Mago Nero, a seu dispor.

— O senhor é artista de circo...

— Mago.

— Sim, um mágico.

— Mago.

— E qual é a diferença? Mago, mágico, não é tudo a mesma coisa?

— Doutor, acho que não estamos conseguindo nos entender neste campo. Gostaria de pedir ao senhor que me dissesse o que está acontecendo comigo. Por que estou internado aqui?

— Bem, parece que o senhor foi atropelado por um rolo compressor. O senhor deu entrada neste hospital com fraturas múltiplas na perna direita e nos dois braços, além de, para colocar em termos bem simples, outras três costelas que foram quebradas no pisoteamento que o senhor sofreu. Dois dos problemas relatados merecem cuidados maiores. O senhor deverá ser submetido a uma cirurgia na perna direita e outra no braço esquerdo para que possamos fixar alguns, como poderia dizer para que o senhor me entenda bem?...

— O senhor quer colocar platina no meu organismo?

— É um procedimento adequado neste tipo de caso.

— Veja bem, doutor. Eu só estou com um pouco de dor, mas garanto, eu não preciso ser operado. Eu só estou emocionalmente abalado.

— Emocionalmente abalado? O senhor está tentando me dizer que um fator psicológico seria capaz de causar todas essas fraturas?

— Eu conheço meu organismo, doutor.

— Com todo respeito, senhor, nós conhecemos medicina e o senhor está sob os nossos cuidados.

— Eu posso me emendar sozinho.

— Entendo que o senhor esteja apreensivo. Posso assegurar, porém, que todos os exames serão feitos e que o senhor receberá todos os cuidados necessários. Aliás, já recomendei que o senhor passe pelos exames ainda hoje, faça o jejum necessário e amanhã, tanto o senhor como o seu companheiro de quarto passarão pelas cirurgias necessárias.

— Doutor, sem qualquer ofensa, o senhor sabe o que é bom para a sua profissão e eu sei o que é bom para a minha...

— Eu não vou discutir isso com o senhor. Ficar com deficiência nos membros, com fraturas mal consolidadas não poderá lhe fazer bem algum. Tenha um bom dia!

E o dia transcorreu. Não bom, mas na ordem dos preparativos para as cirurgias.

Ele olhava o companheiro de quarto e nada falava. Estava mal-humorado, não tinha ânimo para conversar.

O companheiro de quarto também permanecia calado. Calado porque calado, ar resignado de quem espera por esperar.

Ao fim do dia, dois jovens entraram no quarto. Pareciam residentes. Um deles, então, falou:
— Sr. Nereu...
— Mago Nero, a seu dispor.
— Viemos fazer a tricotomia.
— Tri o quê?
— Vamos raspar os pelos dos locais que serão operados.
— Isto quer dizer que vocês terão de me soltar...
— Isto quer dizer que somos dois; um de nós apoiará a parte do corpo a sofrer a tricotomia enquanto o outro fará a raspagem. Terminado o serviço, imobilizamos novamente a parte afetada e passamos a trabalhar na segunda região do corpo a ser operada.

***

Tanto quanto o jejum, a noite passou vazia. Não havia TV no quarto, rádio ou qualquer outra forma de distração. Ao longe, até perto das 22 horas, era possível notar que alguns pacientes assistiam à televisão, algo que, possivelmente, tinha sido trazido por familiares.

No meio da madrugada, ouviam-se alguns gemidos, pessoas deliravam e a ideia obsessiva permanecia na mente: "preciso dar o fora daqui".

Naquele momento, porém, nada poderia ser feito. Estava preso, com dores e em jejum.

Jejum, jejum... Jesus, Gandhi... Grandes homens fizeram jejum. Jejuns longos, jejuns por grandes causas... E, levado pelos pensamentos, em um passe de mágica, não houve mais som, fome, estômago ou qualquer imagem que pudesse conversar com os olhos... Adormeceu.

* * *

Abriu os olhos, já era manhã. Seu companheiro de quarto não estava no leito. Por um instante ficou preocupado. Logo em seguida, contudo, o homem foi trazido de volta, em uma maca, desacordado, e foi posto de volta no leito. Até naquele momento, ele parecia um paciente profissional, resignado, pronto e adequado para estar ali.

Um dos enfermeiros disse ao mágico:

— Já, já, viremos buscar o senhor.

O nervosismo e a ansiedade aumentaram, viraram pânico. Ele iria mesmo ser operado; não havia escapatória.

Em poucos instantes, uma equipe entrou no quarto. Com muita agilidade e não muito cuidado, os membros da equipe, divididos em tarefas, tiraram sua perna direita e seus dois braços da tração e, em gesto rápido e simultâneo, removeram seu corpo do leito para a maca.

Tudo voltou a girar novamente. Os olhos passeavam pelo teto: lâmpadas, lâmpadas, vozes, fim de corredor, outro corredor, conversas, comentários, elevador. Descida, corredor, luzes, luzes e tudo parou. Aquela era uma sala de preparação, pré-cirurgia: puseram uma touca em sua cabeça, desenfaixaram a perna e os braços e o levaram para a mesa de cirurgia... Luzes, luzes, um círculo de luzes, um palco sem platéia, muitos spots, holofotes e a voz incessante de um dos médicos comandava os próximos passos:

— Campo, campo, eu preciso de mais campo.

17

Em lugar de um campo, ele via tecidos e mais tecidos criarem um biombo, separando o seu corpo em duas partes: da cintura para cima, da cintura para baixo. Os médicos estavam lá; parecia que a perna seria operada primeiro.

O anestesista se aproximou, precisaria usar um dos braços do mágico para aplicar um dos sedativos.

O mágico, porém, em ato quase automático, cruzou mão com mão, braço com braço e mão sobre mão, mão e mão – braço entre braços, braços e antebraço... De quem era a mão? De quem era o braço? E, num estrondo, o anestesista foi ao chão, pressão baixa, com uma agulha enfiada na veia, seringa pendurada no braço, homem branco, pálido, de branco, desacordado.

Todos correram em socorro do anestesista e o mágico voltou a ser mago: invisível, imperceptível, levantou-se, vestiu-se com alguns aventais e saiu.

Era quase noite quando, finalmente, ele conseguiu chegar às imediações do circo. Tudo estava lá como sempre estivera: lonas intactas, filas longas e tudo pronto para mais um espetáculo.

Almoço a três

Tomados os assentos, com as pernas cruzadas em "x" sob a mesa, um calcanhar ao alto, cotovelos apoiados, a conversa segue animada:

Pés 36: ... o meu toma conta da casa bem, mas agora que 'tá ficando velho, dorme muito...
Pés 34: O meu também toma, mas sempre sai p'ra passear...
Pés 35: Eu tive um que vivia na rua...
Pés 34: E quando vêm da rua então?...

Pés 36: O meu, quando fica sozinho em casa, faz uma sujeira!...

Pés 34: O meu, quando volto, a casa 'tá do mesmo jeito que deixei...

Pés 35: Quando tiver o meu, vou educar direitinho...

Pés 36: E p'ro banho, como é o seu? O meu tem dia que dá um trabalho!...

Pés 34: O meu é difícil p'ra s-a-i-r do banho...

Pés 35: Eu tive um que cheirava muito mal... Aí não dá, né?

Pés 36: Eu não aguento mais fazer comida p'ro meu. Costumo cozinhar p'ra semana toda e separar em cumbuquinhas, mas se ele 'tá na cozinha, come tudo de uma vez. Dá p'ra crer numa criatura assim?

Pés 34: O meu agora deu para enjoar de um monte de coisa. Eu fico sem ideia do que vou fazer... Mas ele é tão quentinho! Eu gosto de encostar nele à noite...

Pés 35: Eu tive um que queria dormir comigo, mas eu não deixava...

Pés 36: Ainda não consegui ensinar o meu a fazer xixi no lugar certo...

Pés 34: O meu faz direitinho, mas eu ainda quero ensinar a fazer xixi sentado...

Pés 35: Quando tiver o meu... bem, depois eu conto...

E apontam pés coisa aqui, apontam pés coisa acolá... toca um celular e tudo cala:

Pés 36: É você, cachorrão? Onde você está? Já 'tava preocupada...

balada

    bala
          na
                agulha
                agulha
          na
veia
                morreu
          de
overdoce

Bras-ilha

lá
nenhum homem é
continente

convexo o
congresso é

o avesso
do que queremos
de nós mesmos

Cachorrada:
cadela policial
ladra?

Carta aos Jetsons

O século vinte e um
    já caminhou
uns e outros passos
e os homens
do meu tempo
ainda fazem a barba,
quando não,
andam barbados.
As mulheres
ainda usam saias
e sonham
uma vida mais bela

Nossos automóveis
ainda queimam combustível,
movem-se no chão,
dependem da força,
    do atrito,
        poluem
e ainda fazem ruído
(motor que ronca
    não dorme)

A comida
só aparece em nossos fornos
se alguém a coloca lá.
É necessário
que alguém plante os grãos,
                as folhas,
que alguém as colha...
Nosso santo suor
lavra a terra
e prepara o prato
do dia seguinte

Temos tubos de ensaio,
namoros virtuais,
transações eletrônicas,
mas nossas crianças
ainda nascem
porque fazemos amor.

Clorofilianas

O que o levou a tal invento foi o fato de se julgar um filósofo da vida. Nutria forte aversão ao que chamava "filosofia do lucro", mas não a podia negar. Foi na tentativa de conciliar polos que julgava opostos que se deu, então, o invento: o motor fotossintético.

Tratava-se de uma máquina aplicável a qualquer tipo de indústria, equipamento ou automóvel. O funcionamento se dava pela filtragem de gases (fumaça), líquidos e detritos. Em outras palavras, tudo o que a engenhoca precisava para funcionar era poluição e, em troca, ela oferecia ar puro somado aos benefícios materiais que a indústria comum (poluidora) podia dar. Era demais!

A princípio, o projeto foi combatido. A imprensa, jocosamente, batizou-o de "O Clorofila". O auge da polêmica, porém, deu-se quando um empresário achou que deveria receber pela fumaça que sua empresa, gratuitamente, levava ao ar todos os dias. O inventor, contudo, aproveitou o momento para reacender a questão da coletiva posse do ar e foi massivamente apoiado por rádios e TVs piratas (além de grupos ambientalistas, é claro).

A controvérsia se arrastou por alguns meses até que, nas mentes de alguns empresários, a cegueira da ira se apagou e o olho vivo do lucro se viu novamente iluminado: "O Clorofila" era barato; logo, era vantajoso. Aderiram à ideia.

Sentindo-se aliviado das pressões opositoras e pressionado pelas favoráveis, o governo, em pouco tempo, passou a fazer uma grande campanha publicitária para que todos adquirissem o "Motor Fotossintético".

O slogan "Una o útil ao biodegradável" invadia jornais, rádios, TVs e outdoors. Fantástico! Uma nova indústria, literalmente, florescia.

Naquele momento, era inevitável acontecer... e... o inevitável... aconteceu:

No dia consagrado ao grande festejo – o funcionamento em escala mundial da indústria clorofiliana -, o mundo parou! Parou!! Parou!!!

Sem poluição, nada funcionava. O mundo industrial, na busca de sua cura, faliu! Dejetos ou urina, de origem humana ou animal, não eram suficientes para fazer girar a

31

nova indústria. A humanidade não conseguia viver sem a fumaça de seus poluentes. O planeta parou!

* * *

Um frescor mórbido toma conta de tudo... A bruma fria paira, agora, sobre as antigas cidades... e dinossauros trafegam, lentamente, pelas ruas de um novo tempo...

Crônica de uma candidata

Dona Alzira estava ali, com seus alunos da 4ª série, terminando as comemorações do Dia das Mães e todas as mães – emocionadas, é claro – davam-lhe os parabéns. Ela era, certamente, a professora mais querida da escola. As mães com filhos na 3ª série já diziam que esperavam que seus filhos fossem, no ano seguinte, alunos de Dona Alzira.

Alguém mais, porém, assistia, a alguns metros de distância, ao acontecimento da escola em um importante bairro da cidade e foi falar com Dona Alzira:

— A senhora me parece uma pessoa muito querida e especial por aqui. A senhora nunca pensou em ser vereadora?

— Não, não! Eu nunca pensei em política!... Ser diretora, quem sabe? Mas vereadora, não! Nunca pensei.

— Mas agora é diferente. Tem muita gente de bem querendo se envolver nisso. E temos um homem forte; ele é um dos mais ricos da cidade, dono de empresas, não precisa da política p'ra ficar rico e está à procura de pessoas como a senhora.

Dona Alzira pensou no assunto por alguns dias, relutou, mas aceitou:

— Além do mais – falou consigo mesma – eu também vendo produtos da Avon e isso pode ajudar a ganhar votos!

(Eram bem umas cem freguesas...).

E assim ela já pensava na sua vida de grande estadista. Vereadora seria só o começo; depois prefeita, deputada estadual, federal, governadora e quem sabe até P-R-E-S-I-D-E-N-T-E!!!

Já havia escolhido algumas plataformas nobres para a sua campanha: educação, menor abandonado e direitos da mulher!

Um rapaz da rua onde morava, bom moço, estava desempregado e se propôs a ajudá-la. Já era um cabo eleitoral e tudo parecia crescer.

Em pouco tempo, sua casa virou um verdadeiro quartel general, com cartazes, santinhos e panfletos (que o homem forte havia patrocinado), espalhados por todos os cantos. Ela também teve de se afastar do seu cargo na escola para se dedicar melhor à campanha; participar de comícios, debates, enfim, coisas da política.

* * *

Com a mesma fúria que entrava outubro, entrou também seu marido pela porta da cozinha:

— Já não aguento mais isso! Nem mesmo um par de meias consigo encontrar nesta casa! Vou-me embora daqui!!

Dona Alzira, que já havia pronunciado tantos discursos feministas, não podia se deixar levar por uma pressão tão machista, que podia ser, até mesmo, manobra da oposição. Não, isso jamais! Que fosse embora o marido! (As crianças também reclamavam da falta de atenção, mas não tinham "cacife" para tomar a mesma decisão que o marido).

Na sexta-feira que precedia às eleições, Dona Alzira encheu o tanque de sua Brasília, colocou um alto-falante sobre a capota do carro e, junto ao seu cabo eleitoral, rodou o bairro, o bairro vizinho, o bairro vizinho do vizinho, e assim foi indo, distribuindo papeizinhos, até acabar a gasolina.

Entre uma esquina e outra, Dona Alzira olhava o seu cabo eleitoral e... até que ele não parecia mau... todavia, aquele não era o momento para pensar nisso; o que importava, naquele instante, era ganhar as eleições.

* * *

Para o dia da eleição, Dona Alzira alugou uma roupa (coisa fina!) para recepcionar seus eleitores à porta do colégio onde lecionava. Já nas imediações, ela notou o batalhão de cabos eleitorais de candidatos muitíssimo bem "treinados" que tomava as ruas com bonés, camisetas e sacos e mais sacos de modelos de cédula indicando em quem votar (tudo patrocinado pelo mesmo homem forte), e, segundo informações que recebera, aquilo se repetia em todos os bairros.

Exatamente ali Dona Alzira tomou um choque; o de perceber que não tinha armas para disputar com profissionais, com gente de dinheiro, a ambicionada vaga na Câmara Municipal.

* * *

Às seis horas da tarde-noite do horário de verão, o céu se fazia pálido e o pranto invadia a casa de Dona Alzira, que, ao desmanchar a maquiagem, borrava o vestido que havia alugado.

— Também, – pensava Dona Alzira entre soluços – mais de 600 candidatos para 18 vagas!

(Era mais concorrido que o vestibular que havia prestado para Pedagogia na extinta faculdade local).

No rádio, Ivan Lins cantava:

"Jogue a cópia da chave
por debaixo da porta
que é p'ra não ter motivo
de pensar numa volta..."

E Dona Alzira, com os olhos soltos no vazio do quarto, pensava: era possível que casasse de novo...

"... Boa sorte e adeus,
boa sorte e adeus".

de Bagdá

S.O. **ESSO**

Derby

O cavalo
caminha
a passos
de ferradura

        lá
            tão
        lá
            tão
        lá
            tão
        lá
            tão

Galopa:
p'ra que lado?
p'ra que lado?
p'ra que lado?
p'ra que lado?
p'ra que lado?

Abre trilhas:

    p'ra cá
                      p'ra lá
    p'ra cá
                      p'ra lá
    p'ra cá
                      p'ra lá
    p'ra cá
                      p'ra lá

Herói sem fama,
Sem divisa oficial,
Chegou lá
com as próprias pernas...

Descartes e o Purgatório

Existencialismo

Não penso,
Não existo?

Metafísica

Não existo,
Logo, pergunto:
Quem escreveu isto?

Ococentrismo

Não penso,
Não estou nem aí,
        nem aqui,
Saí.
Não existo,
Não insista!

Inexistencialismo

Penso..........................
....
....
....................p'ra quê?

Idade da pedra

Penso:
Quantos anos ela tem?

Penso,
Logo existo.

Ela não pensa;
Logo, não existe.

Existo porque penso
E a pedra existe
como objeto pensado
              e pesado.
Logo,
Quem jogou esta pedra?

Do-In

Ela estudou alquimia
em almanaques,
fascículos semanais,
e tornou-se mestra
na arte dos bons conselhos:

    Economize
                Faça dieta
    Pense duas vezes
    antes de agir
                Agite antes de usar
    Caminhe
                Respire fundo
    Pare de fumar
                Recue para avançar
    Vença sem fazer força
                Use a inteligência
    Quem não aprende
                pelo amor,
           aprende
                pela dor...

Mas, minha amiga,
é necessário que eu diga,
O amor também dói,
O amor também dói.

Domingo Alado

Meu primo, quando garoto, sempre foi magrinho, sabe, e jogava bola muito bem. Ele era tão bom, tão bom que, ainda novinho, vivia sendo chamado para jogar no quadro principal.

Num domingo, depois de uma semana chuvosa, o time dele ia jogar e eu fui lá assistir. O campo estava pesado, a grama estava alta, fofa, e o jogo, já no segundo tempo, seguia num zero a zero arrastado.

Meu primo, naquela partida, foi escalado para jogar no ataque e, como a bola não chegava, ele ficava andando de um lado para o outro: ia ao círculo central, dava uma corridinha para a lateral, mexia o corpo, fazia-se de perigoso para o zagueiro, mas nada de bola.

Em meio àquele marasmo, ele olhou para o lado e viu um passarinho amoitado, com cara de sorongo, na intermediária do campo. Preocupado com a possibilidade de alguém pisar o pobre bichinho, meu primo resolveu pegar o passarinho, com todo cuidado, e colocá-lo para fora do gramado.

Antes que ele chegasse à linha lateral, porém, veio um chutão da defesa para o ataque. Um jogador do time dele abriu pela ponta e saiu em disparada, conduzindo a bola para o campo do adversário.

Meu primo, ainda segurando o passarinho, sem saber direito o que fazer, correu junto, acompanhando o lance, com a pequena ave em uma das mãos.

O ponta aberto pela direita, meu primo correndo pelo centro, o passarinho soltando as asas, o ponta dribla um zagueiro, meu primo se livra da marcação, o passarinho seguro só pelos pés, o ponta cruza, a bola vem muito alta, todos na área saltam, goleiro incluso, o pássaro levanta voo e, junto, ergue meu primo, acima de todos, que testa a bola para o fundo das redes...

A partida terminou com o placar de um a zero e, depois daquele jogo, o estádio foi rebatizado com o nome de *Domingo Alado*.

Eu, de minha parte, digo o que é a minha verdade. Quem duvidar, pergunte aos pássaros, que algum há de cantar.

Eco

Toda tarde
ele vai ao porto
ouvir as palavras do mar
Depois,
de volta p'ra casa,
ainda as tem na lembrança:

tchááá... tchááá...

---

e-mail fio

www pente cabelo pente comb pente br

internet.ional

Extrato

pe-	di
um	ex-
tra-	to
da	vi-
da	

----

saiu   poesia

Fama

Degusto a fama
como o vento:
ou tem gosto de nada,
ou nada na boca tenho.

Fecundo

poema   novo
    ainda
       n
       ã
       o
    veio
       é ovo

Fio por fio

    cabelos
           serpentes
    correm
    para o ralo

    sem uso
           o pente,
    calvície é
    calvário

Formulário de Espermograma:

    preencha à mão.

Fuso horário

Tic-Tókio
Tic-Tókio
Tic-Tókio
Tic-Tókio
Tic-Tókio
Tic-Tókio
Tic-Tókio
Tic-Tókio
Tic-Tókio
Tic-Tókio
Tic-Tókio
Tic-Tókio...

Gametas

Gepeto

e pensar que foi meu tio
  quem fez
aquela obra = prima!

Hai-Ban

No crepúsculo,
dispenso os óculos:
Faço com tato

HAI-KU

um vaga-lume
viaja a ânus-luz
no céu da noite

Hk-etílico

saiu p'ra comprar
o leite das crianças;
voltou mamado...

Homem-sanduíche

Id-óptica
clínica oftalmológica
de linha
psicanalítica

você vai ver
o que
você vai ver

Ilusão Geométrica

A besta quadrada
   está, sempre,
redondamente enganada.

Interpol

descobriram
em meu organismo
uma célula
terrorista

kamikaze
contra o corpo
ou, simplesmente,
alma de
artista?

Irmandade

Os mu-são-manos

JORNADA DE UM JORNAL

a penca
de banana

o preço
não despenca

antes
comprada
em dúzia

agora
só se compra
uma a uma

notícia
de ontem

notícia
de sempre

a imprensa
é bacana

embala
a banana
da gente

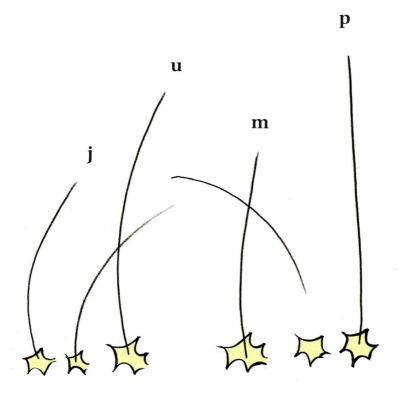

Kilo what?

Leia-se no "Q"
o "K"
sempre ke possível

Latim Vulgar

ab-surdo
   não mudo
ab-duzo
   não levo
ab-nego
   não uso
ab-solvo
   não salvo

   nenhum homem
   é um
ab-ílio
   cercado
   em si

ab-sinto
ab-santo
ab-soluto

ab-sorto
   sigo
ab-*road* ////

Linha fixa

Quinta-feira à noite, véspera de um feriado prolongado, Dona Esmeralda estava voltando p'ra casa e viu Dona Aparecida, parada, iniciando uma fila.
— Que fila é esta, Dona Aparecida?
Ao que tudo indicava, tratava-se de um plano de expansão. A comunicação era um desejo de comodidade comum a muitas pessoas... Mas Dona Aparecida, um pouco confusa com o excesso de informações, respondeu:
— É a fila do telefone. Vai abri' segunda p'ra vendê e eu não quero perdê essa.
Dona Esmeralda não podia ficar atrás (embora, neste caso, tenha ficado), e entrou na fila.
Durante o fim de semana, havia o revezamento de familiares na fila cada vez mais crescente. Sorveteiros e sanduicheiros disputavam ponto e os dias se arrastavam para a segunda-feira quando o rádio deu a notícia:
— *Governo resolve adiar data do plano de expansão para o próximo mês.*
Algumas pessoas voltaram imediatamente para casa. Outras, porém, achando-se em posição privilegiada na fila, pensaram que melhor seria fazer um sacrifício e esperar o novo mês. Afinal de contas, faltavam apenas 17 dias...
Nesse período, os revezamentos continuavam, mini-acampamentos se instalavam, mas Dona Aparecida não arredava pé de lá. Ela era a primeira da fila e considerava isso uma posição de honra!

Contudo, ao limiar da terceira semana de espera, um novo anúncio vinha a esfriar o ânimo de muita gente. Aliás, muita gente que havia voltado à fila e outras tantas que haviam ingressado:

— *Crise nas telecomunicações provoca novo adiamento no plano de expansão. Agora, só no ano que vem – e o governo ressalta: talvez!*

Parecia um absurdo tanta perda de tempo naquela fila. Mas, com tantos mandos e desmandos do governo, quem poderia garantir que o governo não reabriria o plano na semana seguinte?

Todos resolveram ficar!

* * *

Muito pouca gente, hoje, goza o prestígio de relatar o que se passou nos memoráveis dias daquela fila.

Com a prorrogação da data de abertura do plano, ao invés da fila diminuir, ela aumentou, aumentou, aumentou um pouco a cada dia. Era espantoso!

Em pouco tempo, proliferou e se estabeleceu um comércio forte em toda a extensão da fila que, como já foi dito, não cessava seu crescimento. A própria Secretaria de Saúde Municipal achou por bem ter um ambulatório médico para atender exclusivamente aos casos da fila, ambulatório esse que, logo, teve de ser desmembrado em unidades II, III e IV, tamanho era o crescimento da fila.

Pessoas vinham de outras cidades tentar a sorte na fila. Outros, encantados, entravam na fila sem ao menos perguntar fila do que era. Gente de todo o país, jovens rebeldes, doentes incuráveis, gente desempregada, todos procuravam a fila.

A imprensa fez diversas matérias especiais e a fila foi eleita o "fenômeno cultural da década", somente comparável à Beatlemania (mas por que tudo tem de ser comparado à Beatlemania?).

O prédio da empresa de telecomunicações teve sua sede mudada e o antigo prédio virou supermercado. Nada disso, porém, importava. Ninguém saía da fila, pois ela já fazia parte da vida das pessoas. Agora, ela era, antes de mais nada, uma instituição, emblema, representação de um povo.

Ao término de seu terceiro ano, a fila foi rastreada por um satélite, entrou para o *Guinness Book of Records* e foi comparada à Muralha da China.

Numa entrevista coletiva à imprensa internacional, Dona Aparecida declarou:

— Honestamente, eu não me lembro porque é que começou esta fila.

Era incrível! A maior fila sem motivo do mundo!

Dois meses mais tarde, foram realizadas as primeiras eleições para "Organizadores da Fila". É claro que os "amadrinhados" de Dona Aparecida tinham a maioria absoluta dos votos. A oposição, contudo, existia e queria mudar o sentido da fila com um lema um tanto esquerdista: "Os últimos serão os primeiros". Que nada! Só Dona Aparecida era a primeira.

Mais anos se passaram. Muita gente veio ao mundo naquela fila e muitas pessoas se foram também... E, inevitavelmente, como acontece a qualquer mortal, a incontestável líder daquele movimento parado, Dona Aparecida, faleceu.

A tristeza, o desgosto e a decepção foram demais. Muita gente se desiludiu e abandonou a fila.

Dona Esmeralda, antiga vizinha de casa e de fila, tentou assumir o lugar de Dona Aparecida por algum tempo, mas não deu certo; ela não tinha o mesmo carisma.

Achou que o melhor seria, então, instaurar um dia comemorativo e consagrar Dona Aparecida como padroeira da fila. Uma mulher que, certamente, seria canonizada por ter abandonado sua família e abdicado de bens materiais para se dedicar a uma fila.

***

Ainda hoje, no local onde tudo começou, grupos de romeiros se reúnem, acendem velas, ficam em fila e rezam para que Dona Aparecida proteja e perpetue as filas de todo o mundo...

O telefone toca e interrompe meus devaneios e lembranças:

— Alô!

—

— Bem. E você?

—

— Outro plano?! Não, não. Não estou interessado. É muito trabalhoso...

Líquido e certo

Tive um sonho
realizado:

sonhei que
urinava

acordei
todo urinado

Luminoso

NE**ON**

NE**OFF**

NE**ON**

NE**OFF**

N**O**ITE ADE**N**TRO

N**O**ITE A**FF**ORA

NE**ON**

NE**OFF**...

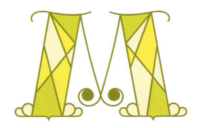

Manifesto

Marvel

E eis do corpo
a parte heroica:
Super-cílios!

Máxima

Nas máximas se diz o mínimo.

Mestres da bola

Aquela sensação era quase indescritível. Somente quem já esteve ali poderia dizer exatamente o que é. As linhas brancas, o cheiro de grama molhada, o terreno vasto, o campo e a arquibancada. Sua vida gravitava aquele espaço: desde a infância, nos campinhos de terra batida e mato ao redor, chegando à vida adulta, como jogador de certo prestígio que atuou na defesa, até aqueles dias, como técnico de futebol:

— O Meola é miolo duro!

Trocadilho infeliz criado por algum comentarista esportivo e agora repetido por todos; até pela própria torcida!

Vida de idas e vindas. Foi aquela camisa, aquele escudo, aquelas cores que ele sempre amou e que lhe deram, em correspondência, respeito e dignidade.

Agora, porém, após o terceiro vice-campeonato consecutivo, tudo parecia ruir:

— O Meola é um técnico ultrapassado!

De fato, seus costumes eram antigos. Gostava de ficar ao lado do roupeiro, distribuindo as camisas, mesmo quando já vinham com os nomes dos atletas estampados:

— Rubeta, você vai jogar com a quatro.

Gostava. Simplesmente gostava daquele contato. Sempre aguardou com ansiedade, quando jogador, que o técnico lhe atirasse a camisa: era quase um prêmio e, então, repetia o gesto.

Momentos doces, momentos amargos. Alternâncias a todo o momento. Ao término da temporada, foi demitido. As pressões eram enormes, as críticas eram pesadas:

— O Meola é miolo duro!

Opinião unânime: treinador sem método, sem estratégia, de diálogo curto, não fazia preleções. Aliás, aprendera há pouco o que é preleção. Ele simplesmente conversava, dizia o jogo: o jogo de um, o jogo de outro e o que queria de cada jogador: jogo.

Nunca foi convidado para programas de debate na televisão. Suas entrevistas eram cedidas sempre à beira do gramado ou nos vestiários. Sua fala parecia redundante:

— Meola, o que você espera do clássico no próximo final de semana?

— Bem, clássico é clássico...

E, antes que o raciocínio se completasse, alguém logo o interrompia com outra pergunta:

— A arbitragem é algo que te preocupa para o próximo jogo?

— Bom, o juiz é o juiz, é auto-...

— O Zola joga ou ainda é dúvida?

— Olha, contusão é contusão...

Às vezes, as perguntas tinham outra direção, mas...

— A seleção joga no meio da semana. Qual é o seu palpite:

— Veja bem, seleção é seleção...

Nada se concluía.

Transitórias como as coisas são, após algumas semanas, Meola foi chamado de volta para dirigir o time que o demitira.

Não queria ser vice de novo. Iria fazer tudo de modo diferente. Talvez o segredo fosse ouvir. Sim, ouvir. E, em segredo, engendrou o plano: teria informantes, muitos deles, ligados às rádios, às emissoras de TV (pagas e abertas), escutariam tudo o que os locutores e comentaristas diziam que deveria ser feito, conversariam, também, com repórteres de campo, gente da imprensa escrita e passariam tudo a ele, o velho Meola, com um novo ponto eletrônico no ouvido, disposto a coordenar e pôr em prática todas as informações recebidas.

Assim, se alguém dizia: "os laterais têm de avançar", logo, à beira do campo, ele gritava:

— Pipo! Vado! P'ra frente, anda, anda!

Se duas opiniões pareciam concordar: "este é um jogo para o Miguinha", imediatamente, ele se virava para o banco e dizia:

— Miguinha, aquece!

Se alguma voz sensata sugeria: "é necessário tocar a bola rápido, virar o jogo...", novamente, lá estava ele:

— Vâmu tocá rápido. Vira, vira o jogo!

"O Meola precisa fazer treinos táticos...". Quando a equipe voltava aos treinos, Meola já anunciava a programação do dia:

— Hoje a gente vai fazer treino tático...

Mais uma partida. Mais e mais palpites: "... a zaga está muito exposta. É preciso pôr mais um volante".

Talvez tivesse razão. E Meola não perdia tempo:

— Vai p'ro aquecimento, Bibi. Quero você protegendo a zaga.

"O Meola tem de armar esse time no 3-5-2".

No próximo confronto, lá estava o time armado: 3-5-2, exatamente nessa ordem...

No entanto, os resultados não apareciam: um empate, duas derrotas, uma vitória magra, mais dois empates, outras três derrotas. Tropeços, tropeços compreensíveis. Meola estava fazendo tudo certo, os críticos reconheciam: "O time é que não ajuda", "o elenco é fraco", "a diretoria precisa contratar reforços"... A arquibancada e a geral ecoavam: "Ô, ô, ô, queremos jogador!", "fica, Meola, fica, Meola, fica!".

Meola ficava e de tudo fazia, seguia todos os bons conselhos: "o time tem de jogar fechado e explorar os contra-

-ataques", "o Tutinha tem de ser mais acionado...". E Meola entendia o recado:

— Lança o Tutinha! Lança o Tutinha!

Com Tutinha, sem Tutinha, com tudo o que o time tinha, apesar de tudo o que se implantava, o campeonato era de pontos corridos e o time corria atrás, atrás, atrás, cada vez mais atrás.

Após a última rodada, terminado o campeonato, lá estava o clube de Meola: atrás, penúltimo colocado, à frente, apenas, de outro clube que era secretamente apoiado pela Associação dos Cronistas Esportivos.

Todos, porém, poderiam dormir tranquilos: bastidores, viradas de mesa, as regras mudam e, naquele ano, nenhum clube iria ser rebaixado. Meola estava mais uma vez empregado.

Como dizia Meola, o futebol é o futebol, o mundo é uma bola e tudo segue girando segundo a sua natureza.

Interfácio

Interface da PROeSiA
por **Wilton Carlos Rentero**

Prosa, Poesia ou Proesia?

No mundo em que hoje vivemos, cheio de mesmices, caricato, sem poesia, bem mal-humorado, mau humorado também, sem intelecto, num clã corporativista cultural e fazendo com que nos sintamos parte, cada vez mais, desse *Brave New World* no qual a borboleta seja, ainda, esmagada pela roda, temos de encontrar novos vieses e "caminhos alternativos", sem que caiamos, também, nesse velho clichê de arte não entendida e reconhecida.

É uma pena que o mundo tenha encaretado tanto depois daqueles efervescentes anos de revolução contracultural revolvendo as décadas de 1960 e 1970, o futuro estava lá. As palavras de Timothy Leary, "*Turn on, turn in, drop out!*", ecoariam e reverberariam na cara dos puretas!

Neste livro, no entanto, encontramos elementos tais que hoje nos faltam, remetendo-nos a esse "futuro" permeado de cores, musicalidade, humor e, de quebra, um intelecto bem sintonizado, escasso no mercado. Não há como discernir e desvencilhar a poesia da prosa que aqui se fundem e fazem emergir subsídios de sobra para viajarmos nos campos literários para sempre. Deparamo-nos com cenas cotidianas, leveza na sátira, delicadeza no humor, fluxo de imagens, fluência no texto, belas sacadas e, além de tudo, a poesia inerente nessa fértil, abundante, infinita colheita. Esse que compõe todos os gostos é um "Dicionírico: prosa, poesia e riso (de A a Z)", apresentando seus textos-verbetes em forma de dicionário, tendo, neste formato, a possibilidade de ampliação constante, deixando páginas abertas para que novos contos-crônicas-sketches-frases-poemas-vocábulos sejam acrescentados em edições futuras.

É um livro recheado de sortida poética que faz salivar nossas mentes através do universo que o autor adquiriu e sorveu nesses anos de estudo, pesquisa e maturidade intelectual. É um tiro de ideias à queima-roupa ao qual poderíamos, de maneira fácil também, elencar, alfabeticamente, de A a Z, predicativos como: alegre, belo, completo, diversificado ... lúdico... e por aí vai... chegando ao z-zelo... deixando a sensação e a vontade de que poderíamos ter escrito isso ou aquilo.

Fica, de modo redundante, no título deste texto, a intencionalidade de ressaltar a força de suas palavras, um livro nu e orgânico, desprovido de algumas regras, em que tudo pode... Até mesmo um prefácio migrando para seu interior, desregra desse contexto.

Depois de mais de trinta e tantos anos de amizade, papos, curtições, sob a tríade de sexo, drogas e não apenas Rock'n'Roll, acompanhando sua evolução e sedimentação como artista, sinto-me grato por ter sido a mim designada tal tarefa de tecer essas palavras. Afinal, contamos - e sempre -... *with a little help from our friends!*

Missa de Abbey Road

Depois de uma obra monumental realizada pelo quarteto, seus seguidores ergueram, em sua honra, um templo e agora iniciam uma nova cerimônia.

CANTO DE ENTRADA – TODOS DE PÉ:

"Love, love me do
You know I love you
I'll always be true
so, ple-e-e-e-a-se
Love me do
Oh, oh, love me do"

Durante o canto, entram os celebrantes – os maiores colecionadores do planeta, possuidores de preciosidades, raridades, conhecedores profundos da vida e da obra dos quatro rapazes de Liverpool –, sobem ao altar do rock e o presidente, postado ao centro, dirige-se à comunidade presente:

— Podem sentar.

Outro celebrante, diante do microfone situado no púlpito, à esquerda, anuncia:

— Primeira leitura:

"Aqueles eram tempos de guerra, tempos difíceis. E exatamente em uma época tão desoladora para todo o mun-

do, vindos de famílias pobres e humildes, nasceram Ringo, John, Paul e George: quatro crianças que estavam destinadas a uma obra de paz e amor.

Influenciados pelo Rock'n'Roll em sua adolescência, os quatro, intuitivamente, sabiam que a música seria o veículo que os levaria à conquista de sua glória.

As dificuldades foram muitas. Muitas foram as privações passadas no interior da Inglaterra, da Escócia e em bares e boates escuras da, então, Alemanha Ocidental.

Para realizar a grande empresa, porém, era necessário que surgisse um homem ligado às empresas: Brian Epstein, um homem que se interessou pelo grupo e os ajudou no início de sua escalada.

Bateram a muitas portas que não se abriram, enfrentaram o desprezo, a descrença e a recusa das gravadoras até que, um dia, surge um santo produtor de discos: não era São George, e nem, ainda, Sir George, mas, sim, George Martin: o homem com os ouvidos certos na hora certa.

Algumas gravações foram feitas, algumas alternativas testadas e eis que George Martin pronuncia as palavras mágicas:

— Rapazes, vocês acabaram de conseguir o número 1!"
Entoemos juntos:

"Come on, come on,
Come on, come on,
Come on, come on,
Come on, come on,
Please, please me, oh yeah
Like I please you"

O presidente reassume a palavra:

— Pois foi assim que se sucedeu: primeiro lugar na Inglaterra, no Reino Unido. Turnê por toda a Europa e o primeiro lugar também na Alemanha, Suíça, Espanha, França... Faltava, ainda, a América!

Os rapazes, contudo, do alto de sua sabedoria diziam:

"Só iremos para lá quando, também lá, chegarmos ao número 1".

Não tardou e chegou o telegrama dizendo:

"Parabéns, rapazes! Vocês são o número 1 na América!".

E para lá seguiram...

Outro celebrante, junto ao microfone à direita do altar, convoca todos os presentes:

— Agora, de pé e de MÃOS DADAS, entoemos:

"Oh, please, say to me
you'll let me be your man
And, please, say to me
you'll let me hold your hand
I wanna hold your hand
I wanna hold your hand
I wanna hold your han-an-an-an-an-an-an-d"

Todos se sentam e o presidente volta a falar:

— O que aconteceu depois disso foi uma loucura, um fenômeno que varreu todo o planeta, uma verdadeira mania!

Turnês, filme em preto e branco, perseguições, correria, mais turnês, filme em cores, aparições em programas de TV e, a cada composição maravilhosa que o grupo lançava, mais e mais as multidões se aglomeravam, nem que fosse, apenas, para vê-los passar.

Vendo que adolescentes, jovens e adultos os adoravam e que isso era bom, os quatro Beatles disseram:

"Vinde a nós também as criancinhas".

Cantemos:

"We all live in a yellow submarine,
        yellow submarine,
        yellow submarine
We all live in a yellow submarine,
        yellow submarine,
        yellow submarine"

O presidente prossegue:

— E todos – crianças, jovens, adultos e velhos – pessoas de todas as raças – embarcaram nessa onda, ou melhor, sob essa onda, rumo a uma nova era prometida: a Era de Aquário!

Passemos à segunda leitura.

O celebrante, à direita do altar, procede à leitura:

"Naqueles dias em que gravavam os filmes promocionais de Strawberry Fields Forever *e* Penny Lane, *os Beatles se sentaram à mesa, tomaram chá com cubos de açúcar e resolveram adotar a Dieta SubLingual. Experimentaram roupas e cores diferentes e viram-se em um estado alterado de alegria".*

O presidente anuncia:

— Os que não forem compulsivos são convidados, agora, a participar da ceia da alucinação.

O órgão e o cravo podem ser ouvidos e, ao som de Lucy in the Sky with Diamonds, forma-se uma longa fila no corredor central do templo, que conduz ao altar, onde o quarto celebrante entrega ao presidente uma xícara de chá e um açucareiro repleto de cubos de açúcar.

Os fiéis seguidores do quarteto de Liverpool são recebidos, um a um, pelo presidente, abrem a boca, levantam a língua, recebem um cubo de açúcar debaixo da língua, ouvem os votos que ele pronuncia – "uma boa viagem" – e voltam aos seus lugares com o ar da graça.

Do púlpito da esquerda, o outro celebrante ergue a sua voz:

— Em memória de Ken Kesey e de inúmeros Dead Heads que serviram de inspiração, entoemos:

"The magical mystery tour
is coming to take you away
  (coming to take you away)
The magical mystery tour
is dying to take you away
  (dying to take you away
      take you today)"

O presidente, sempre em tom cerimonioso, fala novamente:
— Em nome de John, Paul, George e Ringo, façamos as nossas preces, às quais TODOS devem responder, com os dedos em V, "Paz e Amor":
A todos os que governam no mundo
— Paz e Amor
— A todos os que são governados
— Paz e Amor
— Aos homens e mulheres que se filiam a partidos
— Paz e Amor
— E àqueles que não seguem partido algum
— Paz e Amor
— Aos movimentos sociais
— Paz e Amor
— A todos que lutam por uma causa justa
— Paz e Amor
— Aos que estão casados neste mundo
— Paz e Amor

— A todos os que vivem sós
— Paz e Amor
— Aos que aguardam atendimento em repartições públicas e casas de saúde
— Paz e Amor
— A todos os seres que habitam o universo
— Paz e Amor
Do púlpito da esquerda, o outro celebrante diz:
— Novamente em pé, cantemos juntos:

"Na, Na, Na, Na, Na, Na, Na, Na, Na
Hey Jude
Na, Na, Na, Na, Na, Na, Na, Na
Hey Jude
Na, Na, Na, Na, Na, Na, Na, Na
Hey Jude
Na, Na, Na, Na, Na, Na, Na, Na
Hey Jude
Na, Na, Na, Na, Na, Na, Na, Na
Hey Jude
Na, Na, Na, Na, Na, Na, Na, Na
Hey Jude
Na, Na, Na, Na, Na, Na, Na, Na
Hey Jude
Na, Na, Na, Na, Na, Na, Na, Na
Hey Jude
Na, Na, Na, Na, Na, Na, Na, Na
Hey Jude..."

— Sussurrando agora:

"na, na, na, na, na, na, na, na, na
hey jude
na, na, na, na, na, na, na, na, na
hey jude
na, na, na, na, na, na, na, na, na
hey jude
na, na, na, na, na, na, na, na, na
hey jude"

O presidente interrompe, pede que todos se sentem e diz:
— Após todo aquele banquete de Paz e Amor que parecia interminável, Brian Epstein, que já havia falecido, fez um comunicado ao grupo:
"Um dentre vós irá separar a banda".
E Paul perguntou a John:
"Serei eu, John?"
E John perguntou a George:
"Serei eu, George?"
E George perguntou a Ringo:
"Serei eu, Ringo?"
E Ringo perguntou e respondeu a todos:
"Ou seremos todos nós? Ou, quem sabe, ainda, quem ainda não entrou em cena?"
Entoemos juntos:

"Christ, you know it ain't easy
You know how hard it can be
The way things are going
they're gonna crucify me

The way things are going
they're gonna crucify me
The way things are going
they're gonna crucify me"

Assume a palavra o celebrante à direita do altar:

— A maça foi criada e foi mordida. Novas esposas entraram em cena: Yoko e Linda. Um novo empresário tumultuou os negócios, todos comeram da árvore do conhecimento e ninguém mais conseguiu se entender. A música, porém, continuava mágica.

Cantemos:

"The long and winding road
that leads to your door,
will never disappear,
I've seen that road before
It always leads me here,
Lead me to your door"

De novo, com a palavra, o presidente celebrante:

— De fato o caminho foi longo e sinuoso até aqui. No entanto, daqui, ele deve seguir.

(O quarto celebrante, ao fundo, começa a dedilhar, ao piano, "You never give me your money", enquanto o presidente prossegue):

— Nossa missão é contribuir para que esta obra grandiosa deixada para nós seja levada adiante. Para tanto, é necessário que todos deem um pouco de si e levem um pouco mais dos Beatles para a sua casa.

Logo à porta deste templo, vocês poderão comprar itens interessantíssimos para as coleções de vocês: buttons, camisetas, postais, bootlegs em CD e vinil, filmes fora de catálogo e imagens raras em fitas de VHS, DVD e blu--ray e, ainda, as nossas novidades para este ano: torrões de terra de Liverpool e pedaços das paredes do Cavern Club original. Como vocês sabem, o Cavern foi demolido e nós, com a ajuda de alguns escavadores e especialistas, conseguimos recuperar grande parte desse material.

O celebrante do púlpito da esquerda passa as últimas informações:

— Na semana que vem, começaremos o ciclo de comemorações do Sgt. Pepper's Lonely Hearts Club Band. Todos devem vir vestidos a caráter.

Um enorme tapete imitando a zebra de uma faixa de segurança é desenrolado ao longo de todo o corredor central e o presidente pronuncia suas palavras finais:

— É chegado o fim deste nosso encontro. Sigam em paz e continuem acreditando no amor.

Os celebrantes vão se retirando, atravessando a faixa de segurança, e o quarto celebrante, do microfone central, já prestes a abandonar o altar e seguir os demais, anuncia:

— Canto final. Todos de pé:

"And in the end
the love you take
is equal to the love
you make".

Molecular

Eles usam piercing,
pintam o cabelo de roxo,
furam a língua,
      o umbigo,
têm tatuagem,
brincam de loucura
        e coragem,
saltam de paraquedas,
        bungee jump,
          asa delta,
fazem trapézio
  sem rede,
usam prancha de surf
          e skate
para pegar onda
      e colina

Meus radicais livres
são pura adrenalina.

NÃOFONIA

Um prelúdio
ilude a noite
sem sonata

Que violino
    toca
o pernilongo?

NATUREZA MORTA (VARIAÇÕES EM VERDE)

Abobrinha
Abobrinha
Abobrinha
Abobrinha
Abobrinha
Abobrinha
        Pepino.

No inverno,
o chuveiro tem
a combinação de um cofre...

Nome e número

bina com bina
combinam:
hoje
não atendo
não ligo

Noronha e o Pé de Maconha

Era um homem pacato e honesto. Morava só, em uma casa modesta, e estava, ainda, à espera de um casamento.

Trabalhava no setor administrativo de uma empresa de médio porte. A situação, contudo, não era animadora. Há muito tempo não recebia aumento e, para piorar, os salários estavam atrasados.

Fim de mês, fim das economias, fim de expediente, fim de mais um dia abafado, quente. Noronha saiu do trabalho, estava com sede e, no bolso, carregava dinheiro suficiente para apenas uma cerveja, gelada, de preferência e, com certeza, o melhor destino para os poucos trocados.

O centro da cidade estava vazio. Os comerciantes baixavam suas portas, os camelôs recolhiam suas mercadorias, desmontavam suas barracas. Apenas um senhor que vendia ervas seguia sua cantilena a oferecer produtos e milagres: catuaba, salsaparrilha, jurubeba, anis-estrelado...

— Vai uma erva aí, moço?

— Só se o senhor tiver algo que afaste os problemas e me devolva os bons sonhos — disse Noronha em tom de brincadeira.

Para sua surpresa, no entanto, o velho lançou um olhar desconfiado a toda volta, curvou-se, apanhou um pequeno saco plástico escondido entre as outras ervas e sussurrou:

— Essa não 'tá pronta ainda. Mas, plantando, dá.

113

Noronha, dono de muitas virtudes, não era um homem ingênuo. Achou graça da situação, pegou o pequeno saco plástico e se despediu do dinheiro da cerveja.

De volta à sua casa, Noronha se deu conta da besteira que fizera. Estava cansado, com fome, com sede e com raiva de si mesmo segurando aquelas sementes nas mãos. Num ímpeto, jogou-as pela janela que dava para o quintal dos fundos. Tomou banho, assistiu a um pouco de TV e dormiu.

No meio da madrugada, a terra começou a tremer. Assustado, Noronha se levantou. Em seguida, ouviu um estrondo que vinha dos fundos da casa, correu até a porta, abriu e se deparou com algo incrível: um pé de maconha que crescia, crescia, crescia a uma altura tal que todos poderiam ver!

A ideia o apavorou. Ele, que sequer havia fumado alguma vez em sua vida, passaria a ser acusado, aos olhos de todo mundo, pelo cultivo de maconha.

Procurou a caixa de ferramentas, agarrou uma machadinha e começou a desferir golpes violentos e inúteis contra o pé de maconha que continuava a crescer e crescer.

Distraído de si, não percebeu o galho que crescia sob seus pés e que, pouco a pouco, guindava-o à altura de sua própria casa, à altura dos sobrados vizinhos, à altura dos prédios do fim da rua... até que a escuridão aumentou sobre sua cabeça e, num olhar para baixo, ele viu o chão que se distanciava, os edifícios transformados em maquetes e a cidade piscando suas luzes lá no fundo.

Com medo de cair, segurou-se ao tronco e sentiu, após um movimento brusco, que o pé havia parado de crescer.

— Nunca fiquei tão alto assim!

Estava a meio caminho entre subir e descer. Pensou em seu pai, sua mãe, seus avós, amigos, vizinhos:

— O que é que vão pensar? O que é que vão dizer?

Pensou na polícia e... subiu.

Passou pelas nuvens sem sentir o ar rarefeito ou a queda da temperatura. Afastou-se de tudo e subiu até o topo.

Era outro o mundo que o aguardava ali. Havia terra firme acima da terra. Pisou para testar. Estava firme mesmo! Resolveu caminhar.

Após alguns minutos de caminhada, avistou uma construção gigantesca, possivelmente um castelo. Sentia fome, muita fome. Aproximou-se e parou diante das portas enormes. Queria pedir comida.

Fechadura, campainha, olho mágico. Tudo estava bem lá em cima, fora do alcance de suas mãos. Passou por baixo da porta e, tão logo ficou de pé, viu-se frente a frente com seu patrão.

Nunca o havia visto de perto e, naquele momento, sentia-se minúsculo diante do homem que, entre dentes, rosnava palavras espaçadas e sem um sentido aparente:

— Sem... nem... um... Sem... nem... um...

Quando viu o pequeno empregado, o grande executivo rosnou novamente:

— Um funcionário parado... Um funcionário parado.

Noronha ficou paralisado, sem fala, tornou-se presa fácil e foi apanhado pelo chefe e colocado em uma gaiola.

Não estava só. Uma fileira de gaiolas aprisionava funcionários de todos os setores.

O que faziam ali?

Estavam ali para serem consumidos dia a dia, mês a mês, ano a ano.

De alguns, ele tirava o sangue. De outros, a pele. Outros perdiam cabelos, peso, o volume da carne... tudo para o seu tempero diário.

O comentário que corria, porém, é que todos seriam devorados. Para tanto, ele já acumulava caixas e mais caixas de papelão contendo, segundo diziam, computadores de última geração, capazes de realizar todo e qualquer trabalho.

A secretária chorava. Ela seria a próxima a ser comida e, pelo que se podia ver examinando todas as gaiolas, até mesmo a galinha dos ovos de ouro estava prestes a virar uma canja dourada.

As palavras rosnadas ficaram, então, claras:

— Sem... nem... um... Sem... nem... um...

Noronha tinha lá seu orgulho e jamais pensou que poderia ser comido por alguém. Não, isso ele não iria admitir.

Tão logo o gigante adormeceu, Noronha sacou sua machadinha, abriu sua gaiola e, quando ia começar a fuga, lembrou-se da secretária, descobriu sua afeição por ela e voltou para resgatá-la. Uma vez liberta a secretária, retomou, junto dela, o roteiro de fuga e, quando estavam prestes a passar por baixo da porta, lembrou-se da galinha dos ovos de ouro... mas, não havia mais tempo. A noite estava terminando e precisavam fugir.

Noronha e a secretária correram o mais que puderam até o pé de Cannabis Altiva e por ele desceram até o mundo que todo mundo conhece.

No dia seguinte, uma vez desperto, Noronha sentiu que era um homem renovado e estava disposto a tomar certas decisões, ter outras atitudes: mudou de emprego, passou a olhar o patrão com desconfiança, começou a namorar a secretária de seus sonhos e voltou a beber cerveja, somente cerveja.

Nova Estação

    A moda é algo, muitas vezes, tão ridículo, que penso ser ridículo à minha moda.

O Melhor Remédio

A festa estava tão animada quanto costumam ser todas as festas de uma grande família; tias gordas, tias magras, tios carecas, tios barrigudos, tios bêbados, tios gozadores, avós bondosos, primos, sobrinhos, netos — ninguém calado —, apenas ele resolvera se calar um pouco e se sentar timidamente num canto da sala enquanto seus óculos de lentes grossas pareciam o apagar um pouco do mundo que todos veem.

Ocasionalmente, um comboio de crianças cruzava a sala; ora cantando, ora um revoo de gralhas, ao mesmo tempo em que tias de mão boa para a cozinha ensinavam

receitas... e outras, de boca boa para falar, faziam comentários como quem esconde o palito que todos percebem.

Em diálogos fervorosos, alguns tios discutiam a política nacional, as privatizações... outros contavam piadas... e o comboio de crianças passava: agora era um trem... "piuí, abacaxi... piuí, abacaxi...".

De quando em vez, alguém o notava no canto da sala. Uma tia magra, naturalista, diz:

— As pessoas são como as plantas e você está murcho! Talvez fosse bom ir para o litoral tomar um banho de mar.

Outra tia, gorda, aproxima-se e assevera:

— Você não anda se alimentando bem. É preciso tomar caldo de mocotó, comer comidas fortes... Compre Sustagen; é ruim, mas é bom.

A avó, ouvindo o que dizia a tia, fala com brandura:

— Eu canso de falar, mas ele não escuta! — e se dirige a ele — Eu me preocupo muito com você. Vê se te cuida! — e lhe puxa, carinhosamente, a orelha direita.

Uma prima, já crescida, julga entender o que se passa:

— Você fica muito tempo sozinho. Procure sair um pouco da rotina, divertir-se um pouco mais...

Um tio gozador comenta:

— Cuidado com a AIDS, rapaz!

Enquanto outro emenda:

— Com ele não tem perigo; nada nele funciona...

Alguém que já tentara diversas religiões orientais fala em tom doutrinário:

— A rotina é a disciplina da alma. Não mude nada de lugar, não mude nenhum hábito, não saia de casa se não costuma sair... e você se fortalecerá ao encarar a realidade de frente.

Um dos tios, debatedor fervoroso, entende que, às vezes, as pessoas precisam de "uma dura" e bronqueia:

— Olha, moço, sai dessa, 'tá me ouvindo? Sai dessa ou você vai acabar morrendo, cara! Presta atenção no que eu te digo: nada e ninguém nesta vida merece uma noite mal dormida. Você tem que gostar de você mesmo, rapaz. Vê se toma jeito! – e dá-lhe um chacoalhão.

Os comentários chovem, cada vez menos identificáveis, sobre aquela figura imóvel, incapaz de reagir:

— Abra um negócio próprio.
— Conheço um hotel-fazenda que é ótimo.
— Você precisa comprar um carro.
— Você já leu Kafka?
— Leia "A busca do Autoconhecimento".
— Vamos sair p'ra comprar umas roupas, olhar vitrines; é uma senhora terapia!
— Xarope é bom p'ra tosse, mas também vicia.
— Você está amarelo!
— Roupa escura não lhe cai bem; fica muito abatido.
— Mude o corte de cabelo. Essas coisas reanimam...
— Fique sócio de um clube.
— Você quer conhecer minha igreja?
— Amanhã cedo te chamo p'ra jogarmos bola.
— Você está verde!
— Essas coisas costumam ser fígado ou vesícula. Procure um médico.
— Não dê atenção aos outros. Siga teus instintos.

— Faça análise com um bom psicólogo; sua infância foi muito difícil.

— Você está branco!

O comboio, novamente, passa. Desta vez, as crianças imitam um arrastão e todos se distraem...

Perplexo, mas com a mesma expressão de antes, ele se levanta e sai calado... Todos parecem curados...

O Sentido da Vida

Por que será que o milho verde é amarelo?

Por que a banana nanica é maior que as outras?

Se renascer é nascer de novo, por que revoltar não é voltar de novo?

Quando observo o matagal, à noite, penso: será que o vaga do vaga-lume é uma luz incerta, vaga como o meu pensamento, ou será que há lugar para uma luz sem vaga? Será uma luz imprecisa, vaga...? Ou será uma luz que, sem destino, se movimenta, vaga?...

Meus devaneios são interrompidos pela chegada de um amigo que parece mais aflito que eu. Sem saudações de boas vindas, ele começa um diálogo:

— Sabe que eu estive pensando...
— Eu também.
— ... se estou errado quando ponho os valores espirituais sobre todas as coisas?
— E...? (gosto de ajudar a pensar)
— Descobri que não, pois tento imaginar o contrário: o que eu faria se tivesse muito, muito dinheiro a meu dispor?
— Sim, o quê?
— Eu poderia comprar uma mansão, uma casa na praia, uma casa no campo, uma fazenda...
— Parece uma boa ideia...
— ... mas chegaria uma hora em que eu não precisaria mais de nenhum tipo de imóvel para satisfazer minhas necessidades, não é mesmo?
— Sem dúvida!...
— Bem, então eu poderia gastar dinheiro na compra de instrumentos musicais, discos, livros, obras de arte, antiguidades...
— Gosto de todas essas coisas...
— ... porém, chegaria um momento em que eu não teria mais o que comprar, não é verdade?
— Possivelmente...
— Então, eu viajaria, iria a lugares aonde qualquer pessoa desejaria ir: Grécia, Egito, França, Índia, Caribe...
— Ah, há muitos lugares bonitos...
— ... só que, num dado momento, eu não teria mais nenhum lugar para ir, não é assim mesmo?
— Definitivamente, posto que o mundo é redondo...
— Desta forma, só posso concluir que os valores espirituais estão acima de qualquer outro valor!

— E sabe o que mais?
— O quê? - perguntou-me ansioso.
— Você acabou de economizar uma fortuna!

A ideia de ser um ser humano bom e econômico agradou meu amigo e ele se foi sem que, contudo, pudesse me ajudar a resolver minhas próprias angústias:

Por que o vinho verde é branco ou tinto, mas nunca verde?

Por que nem toda rosa é rosa?...

... Ah, por que tudo é tão complicado?

OLFATO ALTIVO

Li um livro
sobre
a sintaxe
do olhar
e agora
meu nariz
reclama
uma sintaxe
só p'ra si

quer ser
um nariz
fino,
educado,
conhecedor
de odores
refinados,
mas continua
a entrar
onde não foi
chamado

PARENTESCO

Concordo em genro,
          número
            e grau:
a mulher do Ogro
é a sogra

PEDE CACHIMBO

um pé
        lá
   outro
cá

um pé
        lá
   outro
cá

um pé
        lá
   outro
cá...

quando é
que a mulher
do saci
se sacia?

Pé-de-meia

chinelo
sa-bota
sapato

Pomares

Adão e Eva
cometeram o pecado original.

Tudo o que se seguiu, desde então,
foi plágio!

Porque quilo

coube ao cabide
vestir a roupa
que já não me cabe

Primeiro Toque

— É aqui que se leciona violão?
— É, sim, sim. Pode entrar.
O aluno prossegue timidamente:
— Já comprei meu violão. Ele está aqui nesta caixa. Já me matriculei também. Me disseram que hoje é o primeiro dia.
O professor, indiferente, diz:
— Pode sentar.
O aluno tira o violão da caixa e tenta sustentar os dedos numa primeira posição que alguém havia lhe ensinado. Quando levanta a mão direita para bater nas cordas, o professor o interrompe:

— Hei, hei. O que pensa que está fazendo? Violão é algo muito delicado. As cordas, então, nem se fala! Você sabe de que material são feitas as cordas? Nylon ou aço?

O aluno tenta acompanhar, atordoado, a linha de raciocínio enquanto o professor prossegue:

— ... e certamente você me perguntaria: "Que diferença há entre cordas de nylon ou aço?". Agora, se você não sabe a diferença, como pode querer, ou melhor, atrever-se a tocá-las!

O aluno arrisca um comentário:

— Acredito que haja diferença, mas, honestamente, eu não sei qual é. Qual é a diferença?

O professor o indaga indignado:

— Diferença?! Você admite a diferença?! As diferenças são a base da injustiça em nossa sociedade. O que você pode extrair da música se você diferencia cordas? Que harmonia?! Qual das cordas vocais é a sua predileta?!

O aluno, consentindo estar errado em suas ideias, emite algo que parece concluir satisfatoriamente o comentário do professor:

— Todas as cordas são iguais, é claro!

— É claro?! – O professor fala com pungência – É claro o quê? Por acaso todos os homens são padeiros?

* * *

Segundo dia de aula. O aluno crê estar vivenciando uma metodologia revolucionária em termos de música. Tudo era completamente oposto ao que pensava antes. Certamente, tudo o que pensara não passava de uma ideia vaga e tradicional a respeito de música. Mas, ainda assim, a sua sede de tocar o instrumento é grande:

— Começamos hoje com o violão?

— Você já conhece o seu violão? – pergunta o professor.

— Como assim?

— O formato. O desenho. Que tipo de violão é esse que você segura?

— O vendedor me disse ser um clássico.

— Um clássico? – pergunta com ironia – Será que podemos *qüestionar* este conceito "clássico"?

— Acho que...

O professor o interrompe:

— As elites, - reforça o tom enfático – as elites nunca aceitaram o violão como instrumento clássico! A sua afirmação como instrumento é resultado de lutas! Sem luta não há conquista! Ainda hoje as elites têm um violão atravessado em suas gargantas e tentam dizer: "Este é folk, aquele é mexicano" – diz o professor acentuando o esnobismo na voz.

O aluno arrisca:

— Todos são clássicos!

— Que besteira você está dizendo? Tst-tst-tst-tst. Você ainda tem muito que aprender.

* * *

Seguem-se, assim, os dias, as aulas, os semestres e, embora o ímpeto de tocar ainda existisse, o aluno cogitava muito mais sua sensibilidade, sua percepção, seu senso crítico.

Certo dia, chegou a surpreender o professor com uma pergunta:

— O que Marx pensava a respeito do violão? Qual sua relação com ele? Marx sabia tocar?

O professor, contudo, não deixou transparecer sua surpresa:

— Ora, ora! Vejamos o que este jovem inquisitivo sabe, antes de falarmos de Marx, da relação dialética entre a ecologia e a manufatura dos violões?

* * *

O mestre era realmente mestre.

Ao final de dois anos, a escola formava mais um aluno no Método Prático Revolucionário.

Caminhando feliz com o certificado nas mãos, uma pergunta cutucava o cérebro do jovem formado:

— Como é mesmo aquela do Caetano?

Não sabia.

Profecia

Após o Juízo Final,
os escritórios de advocacia
serão fechados:

Palavra da salvação!

Quebra-cabeças (resposta)

Quem TV

A televisão nos une
na saúde e na doença,
na burrice e na indigência,
na surdez e na audiência,
no bom senso
no consenso
no insosso
osso
duro
de largar e
de roer

Resposta para Kant

I can't do that!

Rock'n holes

Invento idiomas
para os rocks
que não conheço

One, two, three, fall
é só o começo...

São Tomé das Letras...

... só acredito... lendo.

Segundo Batismo

Uma nova biblioteca municipal estava para ser inaugurada e, sem previsão de um concurso público para futuro próximo, pessoas deveriam ser contratadas.

Bernadete viu aí a possibilidade de, depois de muitos anos, colocar a sua formação de bibliotecária em prática.

Saiu-se bem nos testes, na prova escrita, na entrevista e, logo, foi contratada, pois assim é quando há urgência.

Pelo organograma, acima dela, ela teria um diretor, uma dessas pessoas que são nomeadas para cargos de confiança, alguém a quem ela deveria se reportar sempre que houvesse algum problema, alguém que atribuiria a ela encargos e metas a serem cumpridas.

Faltava pouco mais de um mês para que a biblioteca fosse aberta ao público e todo o seu acervo ainda estava em caixas: livros a serem catalogados, separados por assunto, autor, nacionalidade, CDD, CDU, para, depois, receberem o número de tombo e, por fim, encontrarem o seu lugar na estante.

Coube a Bernadete a árdua missão. Responsabilidade que ela assumiu de imediato, trabalhando sozinha em uma ampla sala, usando roupas de cores neutras, óculos e uma seriedade insuspeita: misturava-se aos livros.

Bernadete tinha, porém, um segredo, coisa só dela, coisa que todo mundo tem. Ela, de modo geral, não gostava de escritores, dos autores dos livros. Isso é coisa que acontece em toda profissão. Há professores que não gostam de ler, estudar. Há atores de cinema que não suportam a rotina dos *sets* de filmagem. Há músicos que não gostam do ambiente do estúdio de gravação. Há motoristas que odeiam o volante, jogadores de futebol que detestam treinos... E ela não gostava dos autores dos livros. Para ela, eles eram arrogantes, ambíguos, gente que se punha sempre a traduzir: faltava-lhes clareza e objetividade. Algo que Bernadete tinha de sobra.

Com seu trabalho avolumado; volumes de livros já organizados e volumes e mais volumes ainda por concluir, começou a se irritar, particularmente, com os títulos dos livros: por que nunca eram condizentes, fiéis ao conteúdo da obra?

Eles estavam em suas mãos e, talvez, estivesse ali a oportunidade de fazer justiça: dar a cada obra um título mais adequado.

Segurou um exemplar de "Os Três Mosqueteiros", de Alexandre Dumas, olhou-o demoradamente, lembrou-se de quando o leu. D'Artagnan sempre foi seu personagem favorito e era, na verdade, o personagem principal. No entanto, ele não era um dos Três Mosqueteiros. Não seria mais justo que o livro se chamasse, então, "Os Quatro Mosqueteiros"? Não, não, não. Nada disso. Ela iria mudar o título naquele instante mesmo. Catalogou o livro como "D'Artagnan e os Três Mosqueteiros"!

Pegou outro livro. Esse também lhe trouxe recordações: "Vinte Mil Léguas Submarinas", de Júlio Verne. Mas quem, no Brasil, usa a légua como unidade de medida? Quantos brasileiros sabem que uma légua equivale a, aproximadamente, seis quilômetros? É inadequado distanciar a obra do povo, não facilitar o entendimento. Fez a correção: "Cento e Vinte Mil Quilômetros Submarinos".

Alguns autores brasileiros, de igual forma, cometeram seus enganos. "Os Sertões", de Euclides da Cunha. Olhando assim parece até que ele foi a mais de um sertão diferente e, de fato, não foi isso o que aconteceu. "Um Correspondente de Guerra em Canudos": nome mais moderno, em sintonia com os nossos dias... Estava dado o novo título.

"Dona Flor e Seus Dois Maridos", de Jorge Amado. Esse, segundo Bernadete, deveria, logo, chamar-se "A Bígama". E assim passou a ser.

Viu o "Fogo Morto", de José Lins do Rego, e pensou lá consigo: "nunca vi fogo morto, fogo vivo, ou fogo algum que tivesse desmaiado". Pensou em um fogo inanimado e surgiu o novo título: "A Chama que se Apaga".

De volta aos estrangeiros, deparou-se com "Cem Anos de Solidão", de Gabriel Garcia Márquez. Título pomposo, demasiado. Esse deveria chamar-se "Um Século Só". Pronto e acabado: mais um título mudado.

"Guerra e Paz", de Tolstoi. Achava o nome duro, direto, seco, sem graça. Podia ser melhorado. "Tempos de Guerra e Tempos de Paz" foi o novo nome dado.

"O Morro dos Ventos Uivantes", de Emily Brontë, padecia do mesmo mal que "Fogo Morto": "vento não uiva, zune", arrazoava, mas "O Morro dos Ventos Zunidores" não soava muito bem... Resolveu o impasse de outra forma: "O Morro dos Ventos que Zunem" parecia bom e apropriado.

"Um Estranho no Ninho", de Ken Kesey. "Esse Ken só viajava...", lá estava, novamente, a voz dela com ela mesma, "a palavra ninho nem aparece na história...". A verdade, para ela, era uma só: "Um Malandro no Manicômio" era o novo título da obra.

Umberto Eco escreveu "O Nome da Rosa". "Que o homem era inteligente, era," Bernadete não negava, "mas o título do livro é tão absurdo quanto perguntar a cor do cavalo branco de Napoleão!". Umberto Eco teve, então, a obra renomada, agora, com novo nome: "Rosa", simplesmente "Rosa", este era o nome!

As obras de Robert A. Johnson também passaram por suas mãos. O primeiro livro: "She", tudo bem. O segundo livro: "He", tudo bem. Já o terceiro livro, "We", contrariava a sua lógica. "She + He = They", pensava. Por fim, resolveu juntar os três livros em um só pacote que receberia, a partir daquele instante, um nome bem mais abrangente: "Everybody".

O trabalho era exaustivo, exigia raciocínio. Bernadete, porém, não esmorecia. Chegou a vez de Eça de Queiroz: "O Crime do Padre Amaro". "Ora essa, Eça" – às vezes, ela conversava com os autores, em pensamento, é claro – "não se revela o desfecho de uma história logo na capa!". Era necessário aguçar a curiosidade do leitor. E com isso em mente, um novo título foi pensado: "A História Secreta do Padre Amaro".

Sobre José Saramago, outro escritor português, pensava ser um desalmado. "Ensaio Sobre a Cegueira" era um título politicamente incorreto: "não se deve tratar assim as pessoas". Com um nome mais humano, "Ensaio Sobre a Deficiência Visual", o livro foi catalogado.

"O Velho e o Mar", de Ernest Hemingway, sofreu o mesmo tipo de revisão ética. Por que não "O Idoso e o Mar"? Pensou um pouco mais e decidiu-se por "O Homem da Melhor Idade e o Oceano", assim tudo pareceria maior: as águas e a existência.

Quando a biblioteca foi aberta, o diretor viu-se alvo de reclamações e críticas infindáveis. Como, em uma biblioteca pública, poderiam faltar obras básicas e fundamentais para a formação de todo educando? E ele, com a certeza firme de quem faz nós em suas gravatas de toda manhã, sabia que as obras reclamadas haviam sido compradas.

Foi investigar pessoalmente. Em silêncio grave, examinou as estantes e, tão logo descobriu o que se deu, demitiu Bernadete com a mesma urgência que a contratou.

Ainda hoje, há muitos livros dos quais gostamos e que são difíceis de ser encontrados, vivem fora de catálogo... Por onde andará Bernadete?

Slogan

Quem não faz, compra!

Sofá

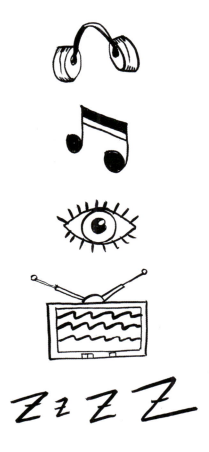

so far

Style

Cadarços e botões
   sempre foram
confusos para mim

Agora,
ando assim:

de camiseta
e mocassim

Tique-taque

você
bem-me-quer

você
mal-me-quer

você
hifeniza
a-mi-nha-vi-da

Traducor

AMARELO
AM I
YELLOW?

Um quase que Tanka

Risco, rabisco
palavras feitas ao léu
Amasso, lanço
outra bola ao cesto,
bolo feito de papel.

Um Sketch:

Cenário: Uma vinheta, escrita com as mais modernas técnicas da comunicação visual, com os dizeres: "Rádio/TV Cuspel".

Surge o apresentador, usando roupas coloridas e um prendedor de roupas, em cores psicodélicas, pendurado na orelha direita.

Com tom de voz entusiasmado, cheio de bossa, ele anuncia:

— Esta noite, temos aqui um grupo de jovens que viveu em pecado, no vício, mas, depois de terem sido tocados pela Palavra, resolveram voltar seus talentos a serviço do Senhor.

Irmãos e irmãs, a Rádio/TV Cuspel apresenta para vocês o grupo de Speed-Trash-Hard-Heavy-Metal Rock, Os Satanistas de Cristo, que vai esquentar vocês com o hit "Cordeirinho Bonitinho".

A plateia vibra e o palco se desnuda negro, banhado de luzes vermelhas, com os quatro integrantes da banda (duas guitarras, baixo e bateria), também vestidos de negro, agitando as longas cabeleiras, que lhes cobriam os rostos, em movimentos circulares de cabeça.

A banda se cerca de imagens de Nossa Senhora, Cristo Redentor, Cristo na Cruz, Santo Antônio, Santa Luzia, São Judas, São Jorge, São Buda etc. etc.

O "spotlight" é dado sobre o guitarrista e vocalista da banda que, com seus dentes pintados de vermelho, ruge a letra da canção:

"Cordeirinho Bonitinho,
Cordeirinho de Deus,
As virtudes são Tuas,
Os pecados são meus

Guardamos tesouros no Céu,
Mas pegamos o dízimo na Terra,
Hoje a vida 'tá difícil
E quem é trouxa se ferra

Não aceitamos imagens,
Só queremos semelhança,
Cremos em Tua infinita bondade
E queremos um canal de TV como herança

Deus ajuda quem trabalha
duro, curando os pecados.
Quem é inteligente já tem cura,
Nós só curamos os otários.

Cordeirinho Bonitinho,
Cordeirinho de Deus,
As virtudes são Tuas,
Os pecados são meus..."

O som da banda aumenta em volume e velocidade e, num êxtase que faz lembrar Hendrix ou Townshend, o vocalista saca de sua guitarra e a quebra, arrebentando todas as imagens ao redor. Então, interrompendo os mais altos e velozes repiques de bateria e baixo, ele grita:

"... Oh Yeahnimal!"

Blackout.

Um só corpo

O motor,
pela manhã,
engasga,
esquenta,
parte,
acelera,
repousa,
acelera,
repousa,
acelera,
repousa,
acelera,
repousa,
acelera,
repousa,
acelera,
repousa...

... até que,
   parado-acelerado,
   ruge enfurecido
   para falar
   a língua do motorista,
   ou parecido...

VARIEDADES

Fiz um filme só com piadas de portugueses. "Cada uma que parece duas" foi exibido em um festival de cinema em Portugal e, para minha surpresa, saiu de lá com a estatueta de Melhor Documentário...

VA-TE CANE

Ao sexo
não interessa
a língua morta.

VOO SÓ

Corto a asa de um avião
com a linha de minha pipa;
eis a força da imaginação...

WC

piss stop
urinóis postos
lado a lado

homens
em pé
colados
lado a lado

postes
humanos

entro na
cabine
ao lado

fecho
a porta

mijo e
fujo
de qualquer
comparação

X-MEN

x-burguer sem queijo
amor sem beijo
n.d.a. declarar

Y sô

O Ipsilone
is so alone,
não é de hoje,
não é de ontem
Why, sir?
Y, sô?
O Ipsilone
is so alone...
i aí?

i aí,
veio o i;
bota o i
no lugar

Zona Franca

Precisava de um poema
com a letra "z"

Precisava de um poema
p'ra você

Precisava de um poema
para mim

Precisava de um poema
para o fim...

Bônus trecos

    xale xadrez
                                        colar sem
    contas
                  abotoaduras
    ferro de passar
                  lamparina
                              bico de
    chaleira
    alça de balde
    manivela solta
                                  moedor de
    carne
    porta-palitos
    bolinha de apito
                                  pedal de
    bicicleta
                  pilha
                  rolha
                  botão
                                  toda coisa
    usada
    cabeça de boneca

                a arte é
                bric-à-brac
                se serve do que serve
                    e o que não serve
                    é o que pode
                            vir a ser

Datados (de A a Z)

7   **Apresentação – Ipsis híbridos** 01/ mar./ 2005 R: 25/ fev./ 2015
11 **A arte das mãos** 18, 19 e 25/ ago./ 2003
19 **Almoço a três** 09/ jan./ 2011
23 **balada** 06/ mar./ 2015
24 **Bras-ilha** 05/ jan./ 2015
27 **Cachorrada** 16-17/ out./ 2007
28 **Carta aos Jetsons** 08/ nov./ 2006
30 **Clorofilianas** 25-26/ set./ 1991 R: 30-31/ dez./ 2014
33 **Crônica de uma candidata** 26, 28/ nov./ 1988 R: 02/ mar./ 1992 e 02/ mai./ 2014
39 **de Bagdá** 21/ fev./ 2003
40 **Derby** 03/ nov./ 1990 R: 06/ ago./ 2005
42 **Descartes e o Purgatório** 06/ abril/ 1990
44 **Do-In** 11 e 12/ jan./ 2006
45 **Domingo Alado** 26-27/ jan./ 2011
49 **Eco** 23/ 9/ 2004
49 **e-mail fio** 20/ nov./ 2012
50 **extrato** 05/ março/ 2011
53 **Fama** 08/ jan./ 1991 R: 02-03/ mar./ 2015
53 **fecundo** 10-11/ abril/ 2012
54 **fio por fio** 15/ julho/ 2013
54 **Formulário de Espermograma** 16/ dez./ 2013
55 **Fuso horário** 05/ maio/ 2013
59 **Gametas** 12/ ago./ 1986 R: fev./ 2014
60 **gepeto** Agosto/ 1997 R: 05-06/ jan./ 2015
63 **Hai-Ban** 11/ dez./ 2011
63 **hai-ku** 17-18/ nov./ 2009

195

63 **Hk- etílico** 07/ jan./ 2011
64 **Homem-sanduíche** 11/ nov./ 2012
67 **Ilusão Geométrica** 10/ jul./ 1997
67 **Interpol** 15/ jan./ 2015
67 **Irmandade** 22/ abr./ 2006
71 **jornada de um jornal** 03/ mar./ 2015
72 **jump** 21/ jun. /2010
75 **Kilo what?** 04/ out./ 2011
79 **Latim Vulgar** 25/ jan./ 2014
80 **Linha fixa** 12-17/ abril/ 1991 R: 16/ jan./ 1993 02/ fev./ 2014 28-29/ dez./ 2014
85 **Líquido e certo** 29/ julho/ 2013
86 **Luminoso** 06/ agosto/ 2007
89 **Manifesto** 20-21/ jun./ 2012
89 **Marvel** março/ 1989 R: 02/ mai./ 2014
89 **Máxima** 13/ abril/ 1988
90 **Mestres da bola** 27 e 28/ jun./ 2005 R: 25/ mar./ 2010
95 **Interfácio** (por **Wilton Carlos Rentero**)
97 **Missa de Abbey Road** 15, 16, 17, 18 e 19/ jul. / 2006
107 **Molecular** 13/ nov./ 2005
111 **Nãofonia** Ago./ 1994
111 **Natureza Morta (variações em verde)** 12/ out./ 1987
112 **No inverno** 24/ set./ 1991
112 **nome e número** 06/ set./ 2013
113 **Noronha e o Pé de Maconha** 27 e 30/ jan./ 2006
118 **Nova Estação** 13/ nov./ 1987 R: 21/ jan./ 1992
121 **O Melhor Remédio** 07/ jan./ 1993 R: 02/ fev./ 2014 02-03/ jan./ 2015
125 **O Sentido da Vida** 04/ mar. e 30/ abr./ 1995 R: 03/ jan./ 2015
128 **Olfato altivo** 01/ junho/ 2011 R: 09-10/ fev./ 2015
131 **Parentesco** 01/ maio/ 2010
131 **pede cachimbo** 01/ nov./ 2013

132 **Pé-de-meia** 10-11/ jun./ 2008
132 **Pomares** 27/ jan./ 1997 R: 04-05/ jan./ 2015
132 **porque quilo** 30-31/ jan./ 2011
133 **Primeiro Toque** 24/ mar./ 1990 R: 03/ mai./ 2014
137 **Profecia** 05/ jan./ 2012
141 **Quebra-cabeçaS** 05-06/ set./ 2008
142 **Quebra-cabeçaS (resposta)** 05-06/ set./ 2008
143 **Quem TV** 27-28/ dez./ 2006
147 **Resposta para Kant** 20/ dez./ 2012
147 **Rock'n holes** 30-31/ julho/ 2013
151 **São Tomé das Letras...** 20/ maio/ 1995
152 **Segundo Batismo** 11/ nov./ 2007 R: 03-04/ mar./ 2015
158 **Slogan** 22/ agosto/ 2008
159 **Sofá / so far** 15/ nov./ 2012
160 **Style** 13/ junho/ 2013
163 **tique-taque** 08/ nov./ 2008
163 **Traducor** I: 02/10/1998 R: 20-21/ jan./ 2015
167 **Um quase que Tanka** 02/ abr./ 2001
168 **Um Sketch:** 24/ jul./ 1994 R: 02-03/ jan./ 2015
171 **Um só corpo** 12/ set./ 1990
175 **Variedades** 28/ agosto/ 2010
175 **Va-te cane** Abr./ 1997? R: 05-06/ jan./ 2015
175 **Voo só** 11/ julho/ 2008
179 **WC** 10/ fev./ 2015
183 **X-MEN** 05/ mar./ 2015
187 **Y sô** 19/ março/ 2012 R: 04-05/ março/ 2015
191 **Zona Franca** 01/ mar./ 2005
193 **Bônus trecos** 22 e 23/ mar./ 2005

Esta obra foi composta em Utopia e impressa em papel couchê fosco 115 g/m², pela gráfica EGB durante o outono brasileiro em maio de 2016 para a Editora Pasavento.